ESSAIS

D'UN

JEUNE POÈTE.

Em. M.

STRASBOURG,

IMPRIMERIE DE G. SILBERMANN, PLACE SAINT-THOMAS, 3.

1843.

ESSAIS

D'UN

JEUNE POÈTE.

Em. M.

STRASBOURG,

IMPRIMERIE DE G. SILBERMANN, PLACE SAINT-THOMAS, 3.

1843.

ESSAIS

D'UN

JEUNE POÈTE.

—⋙⋘—

UN CONDAMNÉ.

—⋙⋘—

Éloignez, ô Seigneur, éloignez de ma face
Ce fantôme sanglant qui passe et qui repasse.
Souffrez que le sommeil ferme un instant mes yeux,
Et qu'en songe du moins je m'arrache à ces lieux.
Durant sept mois entiers, couché sous cette voûte
Où l'on n'entend que l'eau qui tombe goutte à goutte,
Et mesure du temps la cruelle lenteur,
J'ai langui dans les fers, en proie à ma douleur.

Le pain que je mangeais était mouillé de larmes.

Tremblant à tout moment, ô mortelles alarmes !

Je craignais, j'espérais, ou la vie ou la mort.

Je suis seul dans la nuit, seul avec le remord

Dont les ongles de fer plus brûlants que la flamme.

S'enfoncent dans mon cœur et me déchirent l'âme,

Qu'ai-je fait, ô mon Dieu, pour souffrir tant de maux ?

Qu'ai-je fait pour gémir dans ces sombres caveaux,

Attaché comme un chien à la froide muraille,

Et gisant, presque nu, sur quelques brins de paille

Et glacé par le froid, sans qu'un rayon du jour

Soit venu m'égayer en ce triste séjour ?

N'êtes-vous plus, Seigneur, le Dieu plein de clémence

Dont le pécheur contrit arrête la vengeance ?

Sept mois à sanglotter, à sécher de douleur,

N'est-ce donc pas assez pour un moment d'erreur ?

Qui n'eût pas, comme moi, pour une sœur flétrie,

Affronté le combat au péril de sa vie ?

Je courais à la mort. Mais le destin jaloux

Qui protégeait ma tête et dirigeait mes coups,

Dans le sein du coupable enfonça mon épée,

Et voulut que ma main de son sang fût trempée.

Depuis ce jour fatal, tout me pèse et me nuit ;

Le sang que j'ai versé sans cesse me poursuit ;

Sans cesse à mes regards s'offre l'ombre irritée

Qui me montre du doigt sa plaie ensanglantée.

La nuit même, la nuit, je la retrouve encor;

Elle marche à pas lents dans le noir corridor,

Et s'avance vers moi comme un hideux reptile.

Où fuir? où me cacher? où trouver un asile?

Que ne vois-je à mes pieds s'entr'ouvrir les enfers!

En vain, dans mon effroi, je bondis dans mes fers,

Essayant de briser les anneaux qui m'enchaînent:

D'invincibles liens, malgré moi, me retiennent

Sur le sol froid et nu je retombe épuisé.

Elle approche et son doigt sur mon front s'est posé.

«Reçois, m'a-t-elle dit, d'une voix redoutable,

«Reçois de ma vengeance une marque durable.

«Ce stigmate sanglant, cet éternel affront,

«Cet opprobre muet, que j'attache à ton front,

«Te poursuivra partout, et témoin de ton crime,

«Te redira toujours le nom de ta victime.»

A ces mots, je sentis s'enfoncer dans ma chair

Son doigt livide et blanc qui brûlait comme un fer.

Je veux crier: ma voix expire dans ma bouche;

Je tombe inanimé sur mon humide couche. —

De quel charme soudain mon cœur est enivré?

Je revois le soleil et le ciel azuré!

Je suis libre et mes mains ont secoué leurs chaînes!

Qu'il est doux de s'asseoir à l'ombre des vieux chênes,
Loin des rayons brûlants que darde le soleil !
Qu'il est doux d'y goûter les douceurs du sommeil !
O champs de mes aïeux ! ô riante vallée
Où mon heureuse enfance en paix s'est écoulée !
Je reviens parmi vous. Mon exil est fini ;
Et le sombre chagrin de mon cœur est banni.
Je vivrai sans soucis, au bord de l'onde pure
Dont j'entends à mes pieds l'harmonieux murmure.
Venez, mes tendres fils, ma joie et mon amour ;
Vos vœux sont exaucés ; me voici de retour.
Quelle peur vous retient ? C'est moi, c'est votre père.
Reconnaissez ma voix qui vous était si chère.
Essuyez-moi ces pleurs qui coulent de vos yeux.
Voyez, un jour plus pur va luire dans les cieux :
Le tonnerre a cessé de gronder sur nos têtes,
Et le vent loin de nous a chassé les tempêtes.
Je renais à la vie, à la joie, à l'espoir.
Venez sur cette mousse à l'ombre vous asseoir.
Tout chante autour de nous, tout rit dans la nature :
De tous côtés s'élève un suave murmure.
L'insecte dans les prés, et l'oiseau dans les bois
Forment, pour nous charmer, un concert de leurs voix.

Je m'éveille. Tout fuit. Hélas ! c'était un songe.

J'écoute. Sous la voûte un bruit sourd se prolonge

Et court en mugissant sous ces cachots profonds.

La lourde porte roule en criant sur ses gonds.

On descend. Mon cœur bat, mon sang bout dans mes veines,

Et je sens tout mon corps frissonner sous mes chaînes.

Que vient-on m'annoncer? La vie ou bien la mort?

Ne suis-je pas absous? Parlez. Quel est mon sort?

Vous ne répondez pas. Ciel! j'aperçois des larmes

Qui roulent dans vos yeux et tombent sur vos armes.

C'en est fait. A mourir ils m'ont donc condamné!

Ce n'était pas assez de m'avoir enchaîné,

Et fait, tout un hiver, sur la terre durcie

Subir tous les tourments d'une longue agonie!

Ils veulent qu'escorté de l'infâme bourreau

J'aille tendre ma tête au tranchant du couteau;

Que de mon tronc sanglant, aux regards de la foule,

Mon sang avec ma vie à larges flots s'écoule,

Et proclame ma honte à l'univers entier.

.   .   .   .

Périr sur l'échafaud! quelle mort! quel outrage!

Pour mes tristes enfants quel honteux héritage!

La faute de leur père attachée à leur front

Sera pour eux, hélas! un éternel affront!

Abandonnés de tous, sans soutien, sans asile,

Flétris, déshonorés, chassés de ville en ville,

Et maudissant leur père, et pressés de la faim,
A l'angle d'un vieux pont ils mendieront leur pain ! —

. . . .

Hélas ! ils sont partis ; ils ferment les verroux !
Ils ne m'écoutaient pas. Me voici seul, dans l'ombre.
En face de la mort. Mon âme est triste et sombre.
Je tremble d'épouvante en cet affreux séjour.
Quelle longue agonie ! Encore, encore un jour !
Je voudrais n'être plus. Quelle horrible souffrance !
Que le temps paraît long à mon impatience !
Que ne puis-je, à mon gré, précipiter son pas !
Et passer tout d'un coup de la vie au trépas !
Que serai-je demain ? Une froide poussière,
Une ombre de moi-même, une fleur éphémère
Par le soc, en passant, arrachée au sillon,
Et qu'emporte le vent de la plaine au vallon.
Mourrai-je tout entier ? Cette flamme divine
Dont le souffle animait cette frêle machine,
Et qui de la matière agitait les ressorts,
Doit-elle donc aussi s'éteindre avec le corps ?
Telle qu'un feu mourant, qui, de plus en plus sombre,
S'affaisse par degrés, et disparaît dans l'ombre.
O père du néant, ô Doute, éloigne-toi.

Non, je ne mourrai point. Je sens au fond de moi
Je ne sais quelle voix qui m'annonce et me crie :
Que l'âme ne meurt point, qu'il est une autre vie,
Un Dieu vengeur au ciel, et des jours plus heureux.

Je suis à tes genoux, Seigneur, entends mes vœux !
A cette heure suprême où l'homme à l'agonie
Reconnaissant enfin le néant de la vie,
Élève ses regards vers l'auteur de ses jours,
Pour mes faibles enfants j'implore ton secours,
Ils sont seuls et sans pain : sois leur guide et leur père.
Éloigne de leurs yeux la hideuse misère.
Qu'ils ne sentent jamais les feux de ton courroux,
Et fais luire sur eux tes regards les plus doux.
Si mes vœux sont remplis, si ta juste clémence
Ne trompe pas, Seigneur, ma dernière espérance,
J'obéis sans murmure à ta suprême loi,
Et suis prêt à mourir pour m'élever vers toi. »

L'aurore cependant a chassé les ténèbres.
On ouvre la prison. Des roulements funèbres
Remplissent les cachots de gémissements sourds,
Et la voix de l'airain pleure au sommet des tours.
C'est l'heure de la mort. On attend en silence.
Au pied de l'échafaud le condamné s'avance.

Sur son front calme et pur brille un rayon d'espoir,
Comme l'onde d'un lac dont le tremblant miroir
Réfléchit de Vénus l'étoile étincelante.
Sur des ailes de feu sa prière fervente
Monte, comme l'encens, aux pieds de l'Éternel.
Debout, sur l'échafaud, il regarde le ciel.
Tel qu'un timide agneau qui tend sa faible gorge
Et tombe, sans gémir, sous le fer qui l'égorge,
Il se livre au bourreau le front calme, assuré,
Sans trembler, sans pâlir, et d'un air inspiré.
Le signal est donné. La lourde masse tombe,
Le sang coule et jaillit, le malheureux succombe.
D'un effort convulsif le tronc s'agite encor,
Mais déjà vers les cieux l'âme avait pris l'essor.

Strasbourg, 5 février 1843.

MARIUS, CARTHAGE ET ROME.

Réveille-toi, Carthage, et sors de la poussière,
De la tombe où tu gis lève ta tête altière.
Un Romain est assis sur tes remparts détruits.
Marius, la terreur des mères et des fils,
Ce monstre, teint de sang, indigne du nom d'homme
Qui réunit en lui tous les forfaits de Rome,
L'ennemi de ton nom, foule ton sol sacré.
Jadis maître de Rome et de Rome admiré,
Et du monde à la fois la terreur et l'idole,
Marius triomphant montait au Capitole,
Le front ceint de lauriers, et traînant à son char
Une foule de rois, qu'il courbait d'un regard.
Maintenant exilé, chassé de ville en ville,
Il vient sur tes débris mendier un asile.
Sa tête est mise à prix, mais il ne tremble pas;
D'un œil calme et tranquille il attend le trépas.
Il n'est pas temps encor. La déesse homicide
Qui se plaît aux combats, et dont la main perfide

Arme contre un vieux père un fils dénaturé,

Ne veut pas que si tôt un sort prématuré

Enlève à ses desseins ce fidèle ministre.

Elle couvre ses jours de son ombre sinistre.

Le farouche licteur envoyé sur ses pas

Déjà pour le frapper avait levé le bras :

Tout à coup il se trouble, il pâlit, il recule,

Un frisson glacial par tout son corps circule

Et de son bras tremblant le fer s'est échappé.

D'où vient que ton courroux soudain s'est dissipé ?

Quoi ! devant un vieillard, tu trembles ! tu recules !

Au moment de frapper, tes terreurs ridicules,

Homme lâche et sans cœur, ont fait pâlir ton front !

Avance, et d'un seul coup répare cet affront.

Mais qui n'eût pas tremblé ? De Bellone sanglante

Il a vu se dresser la tête menaçante ;

Il a vu ses regards qui lançaient des éclairs,

Et ses affreux serpents qui sifflaient dans les airs.

Marius est sauvé ! Réjouis-toi, Carthage,

De ce qu'il ait trouvé son salut sur ta plage ;

Car Rome paiera cher ce don d'un ennemi.

Ce monstre par l'Afrique en ses murs revomi,

Va, le fer à la main, dépeupler l'Italie,

Et, répandant partout la flamme et l'incendie,

Porter jusque dans Rome et le deuil et la mort.

Que ton ombre, Annibal, n'accuse plus le sort.

Ces murs, ces murs si chers, qu'à ton heure dernière

Tu livras sans défense à ta rivale altière,

N'ont plus, pour se venger, besoin de ta valeur.

Rome enfin dans ses fils a trouvé ton vengeur.

Rome, contre elle-même aboie en ses murailles,

Et de ses propres mains déchire ses entrailles.

Annibal, lève-toi, soulève ton cercueil;

Viens repaître tes yeux de ces scènes de deuil.

Regarde — Marius et ses fières cohortes

De la ville éternelle ont assiégé les portes.

Pas un soldat romain ne paraît sur les murs;

Les lâches ont cherché des asiles plus sûrs.

Le sénat tout tremblant s'assemble au Capitole.

Qui, timides vieillards, qui prendra la parole?

Qui de vous, conservant un cœur républicain,

Ose ouvrir un avis digne du nom romain?

Un silence de mort règne sur l'assemblée.

Tels que ces dieux de pierre, à la face voilée,

Qu'a taillés du sculpteur l'ingénieux ciseau

Et qui semblent cloués aux angles d'un tombeau,

Immobiles, muets, ces hommes se regardent,

Et nul n'ose troubler le silence qu'ils gardent.

Sans avoir dit un mot, ô généreux effort!

Ils se sont tous levés d'un unanime accord.

Car ils s'étaient compris. Vont-ils sur la muraille
Répondre à Marius par un cri de bataille?
Non. Ils vont livrer Rome à leur cruel vainqueur.
La menace à la bouche et la vengeance au cœur,
Marius les reçoit avec un froid sourire.
« Vous m'avez exilé, banni de tout l'empire,
« Et mis ma tête à prix. Maintenant c'est à moi.
« Hier vous commandiez, aujourd'hui je suis roi.
« Ce banni, ce proscrit, que vos sombres sicaires
« Ont suivi sans relâche aux rives étrangères,
« Vous montrera bientôt comme il sait se venger.
« Je n'ai qu'à dire un mot et tout va bien changer.
« Tremblez, vils sénateurs, mes cohortes sont prêtes;
« Un signe, et sous leurs coups je fais tomber vos têtes. »

Il entre. C'en est fait. Ni la patrie en deuil,
Dont l'image éplorée apparaît sur le seuil,
Ni les liens du sang, ni les mères tremblantes
Qui lui tendent leurs fils et leurs mains suppliantes,
Ne peuvent arrêter son parricide bras.
Il parle, et d'un regard il lance le trépas.
Aussitôt des soldats les cohortes sans nombre,
Tels que des loups affreux, qui par une nuit sombre,
Franchissant d'un seul bond de trop frêles barreaux,
Égorgent à foison les timides agneaux,

S'élancent, le fer nu, bouillonnant de colère,
Massacrent sans pitié, la fille avec la mère,
Et le père et le fils, et le faible vieillard
Qui regrette en mourant d'avoir vécu si tard;
Et l'enfant au berceau, qui souriant au glaive,
Abandonne la vie au milieu d'un beau rêve.
Marius, tout sanglant, et le glaive à la main,
Au meurtre encourageait le soldat incertain.
A ses côtés accourt sa redoutable escorte
Qui brûle d'éclipser en forfaits la cohorte.
En cruauté, lui seul, il les surpasse tous,
Désigne la victime, et dirige leurs coups.
On frappe sans relâche, et le fer étincelle:
Sous les coups redoublés le sang partout ruisselle.
De ce tumulte affreux s'élève comme en chœur
Une effroyable voix, une immense rumeur,
Où les cris des mourants aux clameurs se confondent,
Les échos des sept monts sourdement se répondent,
N'osant se demander quel est ce bruit nouveau.
Romulus en courroux sort-il de son tombeau?
Est-ce un mur qui s'écroule? ou Rome à l'agonie
Qui secoue, en tombant, le sol de l'Italie?
Non, jamais, ni Pyrrhus qui mit Rome aux abois,
Et tant de fois vaincu reparut tant de fois;
Ni toi-même, Annibal, quand ta fière ennemie

Te vit du haut des monts tomber sur l'Italie,
Subjuguer, en passant, les plus fortes cités,
Et traînant avec toi tant de peuples domptés,
Défaire ses consuls en plus de vingt batailles,
Et t'avancer enfin au pied de ses murailles,
N'avez causé des maux plus cruels, plus cuisants
Que ceux qu'elle a reçus de ses propres enfants.
Rome t'a survécu, Carthage, au champ de gloire,
Mais qu'elle a payé cher cette courte victoire!
En vain, près de sa chute, elle implore ses dieux;
Et charge leurs autels d'offrandes et de vœux;
Ses destins sont passés. La terre, dans l'attente,
Verra s'abattre un jour sur la ville géante
Des régions du Nord les barbares soldats.
En vain, pour se défendre, elle arme tous ses bras :
En vain de javelots hérissant ses murailles,
Elle offre aux ennemis l'appareil des batailles.
Ses plus sûrs alliés méconnaissent sa voix.
Lassés enfin du joug ils méprisent ses lois;
Et joignant leurs efforts aux efforts des brigands,
Brûlent de se baigner dans le sang des tyrans.
Au pied des murs sacrés de la reine du monde,
Le flot dévastateur s'enfle, mugit et gronde :
L'onde écume et bouillonne. A ses coups redoublés
Jusqu'en leurs fondements les murs sont ébranlés.

Rome touche à sa fin : la muraille chancelle,
Tombe, et livre aux soldats une route nouvelle.
O Rome, tu n'es plus qu'un monceau de débris,
Des blocs et de la cendre, où les regards surpris
Ne peuvent distinguer ni le fronton superbe,
Ni l'image des dieux qui se cache sous l'herbe.

Chaque siècle, en passant sur la tombe où tu gis,
Otera quelque chose à tes restes flétris.
Et si de Rome, un jour, quelqu'un cherche la place,
Il n'en pourra trouver la plus petite trace,
Et son nom, par degrés dans l'ombre enseveli,
Enfin s'engloutira dans l'éternel oubli.

Strasbourg, 29 janvier 1843.